CAVERNES ET SOLEILS

Du même auteur

Poésie :

Seul, le visage (G.L.M.).
Double-Pays (G.L.M.).
Contre-Chant (Flammarion).
Visage premier (Flammarion).
Fêtes et Lubies (Flammarion).
Prendre corps (G.L.M.).
Fraternité de la parole (Flammarion).
Cérémonial de la violence (Flammarion).
Le Cœur et le Temps (L'Ecole).

Romans :

Le sommeil délivré (Flammarion).
Jonathan (Le Seuil).
Le Sixième Jour (Flammarion).
Le Survivant (Julliard), épuisé.
L'Autre (Flammarion).
La Cité fertile (Flammarion).
Nefertiti et le rêve d'Akhnaton (Flammarion).

Nouvelles :

Les Corps et le Temps, suivi de L'Etroite Peau (Flammarion).

Théâtre :

Bérénice d'Egypte (Le Seuil).
Les Nombres (Le Seuil).
Le Montreur (Le Seuil).

Essais :

Le Liban (Le Seuil).
Guy Levis-Mano (Poètes d'aujourd'hui, Seghers).

ANDRÉE CHEDID

CAVERNES ET SOLEILS

poésie

FLAMMARION

Il a été tiré de cet ouvrage :

VINGT-CINQ EXEMPLAIRES SUR VELIN ALFA
DONT VINGT EXEMPLAIRES NUMÉROTÉS DE 1 A 20
ET CINQ EXEMPLAIRES, HORS COMMERCE, NUMÉROTÉS DE I A V

ISBN 2-08-064170-0

à ma mère
Alice Godel
colonne de soleils.

Cavernes et soleils

L'homme s'éteint
au creuset des voix
qui clament sa mort

Détruit
Consommé
Il tente de renaître

de former des paraboles
de sécréter l'avenir

Au noyau de lui-même
Au cœur du souffle

sachant
que l'écoulement des sépulcres
n'altère   que par à-coups
la rivière sans faille

L'homme demeure à l'écoute
d'une terre inversée

Terre
    exilée des violences
    délivrée des recettes

Terre
    où se presserait
    tout l'écho du monde

Terre
    d'où s'élèveraient
    les significations.

Cadences de l'univers

I

Au cœur de l'informe
la terre s'ébauche   s'encercle

se nomme
pour devenir :

Sphère entre les nébuleuses.

II

Enserré dans son globe
empoignant son noyau

la Terre emporte l'histoire
dans sa grande dérive.

III

Echappant à l'enclume du temps

l'Univers sème ses formes
véhicule ses songes
s'invente d'autres tumultes.

IV

D'un même élan
l'Univers se fait
se défait

Ses volumes éclatent :
en poussières angles traits
oiseaux de fer brûlures
rocs mordus par les tempêtes

La confusion fourmille

Quelques sentiers de lumière
sabrent ces tourbillons
les pacifient.

V

Fracas   dislocation
Mobilité des mondes...

Sous-tendus par un souffle infini
ces turbulences
trouvent de brefs ancrages.

VI

Rien ne s'achève
L'issue est provisoire
les vents renversent chaque cible

Effervescence de la vie !

Marée ascendante
rompant l'accalmie
pour d'autres semences

doublant les remous
vers un silence souverain.

Greffes

(suivi de : *Chantier du poème)*

I

Lames grises du réveil
Péninsules éteintes
Quotidiennes et courtes morts

Où se *greffe* le vide ?

Les filaments du monde
se défont sous tes doigts

La nasse de tes pensées
assourdit chaque source

Les brumeuses cités de toi
engloutissent ta face

Plus de fleuves déployés
plus d'herbes à venir
plus d'agir   plus de fables
plus de suite   plus de surplomb

A l'arraché
    comme on extirpe l'ortie
On étripe ce mal

    Il tenaille
    il résiste.

2

Sur toutes les terres du monde

L'agneau a *greffé*
sa face doucement ravagée

Sur toutes les terres du monde

Le bourreau *greffe*
son masque impérissable et clos.

3

Où s'assemble notre double
sa voix nommant d'autres voies ?

Où se *greffe* son rameau
qui démantèle les ombres
qui ronge les murailles ?

Surgi des houles de notre soif
Il vient
    par triomphe d'images
    par vannes par grains par grappes
    par ruptures et fusion

Il parle   il vient
ce double

    tranchant les ligatures du mot
    instaurant l'autre connivence.

4

Je descends de tout un peuple de morts
des charnières et du plein
de ces corps révolus

Nos trames s'entrecroisent
leur chair soude la mienne
Leurs rumeurs s'attachent
aux lacis de mon sang

Enfant de toutes ces fibres
J'émonde les liens moisis

et me *greffe* aux vivants
à leur souffle   à leurs chutes
à leur risque d'horizons

Visage d'un temps
j'arbitre

et progresse dans l'onde des jours
vers la tenace issue.

5

Marée bue par les sables
Eclat retombé en cendres
Gorgée de battements
la Vie s'est défilée ————

escamotant notre soif
qui ne fut qu'en rupture !

Cette soif
greffe de nos jardins
levain de nos éveils
amorce du futur

Cri d'alouette
le long des routes exténuées.

6

La ville aux trousses
ne nous exilerait plus
si *greffant* l'oiseau
au cœur du cœur des pierres

le cœur imaginait

La ville aux trousses
ne nous lapiderait plus
si multipliant ses graines
obstinément tirées vers le jour

le cœur nous fécondait.

7

Du fond des nuits sans âtre
Issu de l'écart
Ton double assiège encore

Il éclate et questionne
  comme pour mieux te *greffer*
A toutes les pousses de vie !

Chantier du poème

L'arrivée du poème est multiple. Il s'organise parfois autour d'un mot clef ; ou bien, la plupart du temps, il progresse comme une vague qui déroule sa turbulence d'images et de mots.

Oui, parfois, mot noyau ; tombant dru, bousculant le vocabulaire pour se chercher plus loin. Mais plus encore : soulèvement du dedans ; mouvement en quête de ses rythmes, de sa forme-paroles.

⁂

Greffes, le mot s'impose. Cet œil, ce bourgeon inséré dans le vif d'une plante, me parle infiniment.

Greffe qui donne lieu à une vie *autre* ; à un renouveau à partir d'une blessure, d'un manque.

Les analogies affluent, les images se chevauchent. Je les accepte, je les inscris, en vrac. Les mots viennent dans une sorte de tohu-bohu, à l'intérieur duquel — plus tard, je le sais —, je découvrirai mon pain, mon eau ; et comme une direction.

⁂

Rarement le poème m'est donné d'un trait. En général, il m'arrive comme une matière brute, dans laquelle je fourrage et trouve, peu à peu, une ordonnance, des rapports, des sonorités.

Serrant les écrous, rejetant le plâtre, repoussant les écorces, je tente d'aller au plus près de ce mouvement initial qui *fait* écrire. De ce mouvement qui — peut-être, tout simplement — *fait* vivre, en densité.

⁂

Souvent, très souvent, presque malgré moi, je me trouve en face des mêmes thèmes. Balancement des contraires : obscur-clair, horreurs-beauté, grisaille-souffles, puits-ailes, dedans-dehors, chant-contre-chant.

Double-Pays, en apparence ; mais que la vie brasse, ensemble, inépuisablement.

⁂

Les mots, je les souhaite au service d'un sens (dont la raison ne rend jamais tout à fait compte). Au service d'une signification qui puisse être partagée. Ou — du moins — d'une question si primordiale, qu'elle pourrait être celle de tous, et de chacun.

Je m'attelle pour cela à un long travail d'élucidation ; m'efforçant à la transparence des mots, cherchant pour autant à ne pas affadir le troublant mystère de la poésie, de la vie.

⁂

J'aime que le mot soit rétif. Mot sur lequel on bute, et sans lequel le poème ne tiendrait pas. J'aime le traquer ce mot, partout : dans la vie courante, dans d'autres textes, dans le journal, sur une affiche, dans le métro... Soudain, il tombe comme un fruit mûr sur un sol en attente ; ou se prend, comme l'oiseau, dans les filets patiemments tendus.

Ce mot que l'on sent *juste* (qui sonne juste, je lis haut pour l'oreille) fait que l'on peut quitter le poème, en repos. On s'éloigne, libre ; pour renaître, haletant, devant le texte à venir.

⁂

Rien de moins abstrait, de moins factice, que cette préoccupation. Le corps, la circulation sanguine, la respiration s'en ressentent.

La poésie, par moments, nous *grefferait* elle à la totalité, à l'ouvert ? A la vraie vie ?

Torpeurs et mouvement

Une épidémie de neige
Surmène la ville
La vieillesse se déverse sur le temps

L'écorce blême comprime les sols
Supprime les passages
Eclipse les issues

Près de l'arbre livide
Lugubres et carcérales
Les heures se rétractent
Dans nos corps engourdis

Raideur du sang
Parcimonie de l'âme !

La chair capitule
Le cœur lésine

Des mains aux veines blafardes
Epargnent le geste
Des yeux aux cernes de suie
Engloutissent le regard

Du silence aux paroles
L'écart progresse

Des choses à la pensée
La distance se réduit

Partout
    Mourir
    Supplante l'horizon

. . .

J'appelle
la voix proche
et sa gerbe fraternelle

qui pénètre l'ardoise
et recompose le jour

J'appelle
le lieu fécond
encore noyé de brumes

et la verve du printemps
encore dans l'écheveau

J'appelle l'appel
qui dégrossit les glaces

Ce cri qui nous provoque
et nous aimante plus loin

J'appelle J'écoute

Je vais

Agonie

Bientôt aspiré
    par quel vide
    quel rythme
    quel plein ?

Ton souffle s'accroche encore
aux turbulences du monde

au dernier signe d'amour...

Mort immédiate

Ta pupille se fige
Les ombres chancellent

Maintenant défaille
Demain te quitte

Des soleils débarquent
entre tes tempes

Ta mort te mitraille.

Vive saison

Le corps des fleuves
s'empierre entre les berges

Plus arides que l'os
les bois se sont figés

Le cadavre des feuilles
n'émeut plus personne

Indifférence des actes du ciel
Et de cette ville couvant ses plaies !

Sous l'aveugle neige
un autre sang mûrit-il ?

Je le savais jadis
Je le saurai plus loin...

Sous l'amas des cendres
La vie toujours s'explore
et se retaille Vie !

Le poème immobile

C'était   à n'en plus finir...
Cette âme en orties
Ce feu qui se dégrade
La foudre de toute souffrance
injectée dans la moelle
Les entailles du cri.

C'était   c'était   c'était :
comment traduire ce jour
son espoir dépecé
la tête cherchant murs où partir en éclats ?

C'était   c'était   c'était...
Captif comme solitude
Plus malade qu'agonie

C'était   c'était encore
Cependant   je le jure :
pour distancer l'écorce
pour dissoudre tout l'amer

C'était   ce fut
Ensuite :
en deçà des abîmes
Renommer la terre d'herbes
Donner lieu à l'espace
Et délivrer les souffles
pour revivre en cette vie !

Porteurs de cicatrices

Les morts aux visages rompus se redressent
La langue des humiliés se gonfle

Orageuse
Se lève la marée des victimes.

Mais prenez garde   porteurs de cicatrices !

Eteignez dans vos chairs les volcans de la haine
Piétinez l'aiguillon et crachez le venin
qui vous apparenteraient un jour aux bourreaux !

Etouffez ces clairons   ces sonneries
qui forcent la ressemblance
qui commandent le talion

Questionnez vos viscères
Percez vos propres masques

Soyez autres !

Sèves et déchets

Cette année   j'abolis l'espérance
l'horizon des partages
l'oiseau des parentés

L'aube est moribonde
Boue et supplices surnagent
Les credos ont pourri !

A pas de fossoyeur
j'enfonce dans l'histoire
broyée par l'outrage
gluante de toutes ses plaies

*
* *

Pourtant
quelles ressources   quel ferment
nous surprendront encore ?
quel printemps tressaillera ?

Quel adolescent large de rêves
émerveillera le jour ?

Oui quel frisson de sèves
s'assemble sous nos déchets ?

Visage I

Eclaboussé de sang
Pénétré de mémoires
Broyé par les bourreaux
Aplani par la mort
Taillé aux mesures
des haines ou de l'amour

Tu t'obstines à renaître
VISAGE !

Filtrant le temps
Filtrant le clair
Filtrant l'obscur.

Visage II

De toutes mes naissances
De tous mes sentiers
Je remonte vers tes plaines

VISAGE !

Les écailles me quittent
Tes rivières me portent

Je te nomme dans chaque âge
Tu me parles dans tes sèves

Je ne serai plus seul
dans les ruches du temps.

*
**

De toutes mes voix
De tous mes remous
Je rejoins ta cadence

VISAGE

Chaque regard est une halte
L'herbe embrasse les chardons

Je te crée à chaque seuil
Je te vis dans les songes

Je n'irai plus à sec
sur l'enveloppe du temps.

Entrée de New York sous l'orage

(Descriptif avec deux personnages)

Surgissant des trottoirs
la pluie des gratte-ciel
incise l'averse
et s'élance vers des fragments d'espace

Les trombes d'eau
se rabattent sur la ville
heurtent ces Goliaths de pierre
qui surblombent le marécage humain

Au sol
Seul l'éclat safran des taxis
perce la confusion des hommes et de la brume

Parcours linéaire
Signalisations casquées
Rues sans nom
Exaltation du chiffre

La foule
fantôme aux épaules rognées
se délaie dans l'aqueuse grisaille

Entre les parois jaunes du véhicule
le cuir s'écaille
les sièges s'éventrent
les mégots s'entassent

Derrière la vitre pare-balles
qui rompt l'échange
la nuque du conducteur
barre l'horizon

Je parle
je questionne

Les sons patinent sur le verre

Je crie des mots
pour exister
pour franchir la glace
pour raccorder les mondes...

La nuque reste d'acier

J'appelle
J'appelle plus fort

L'homme
enfin
se retourne

Et m'offre
sa face

comme une bouée !

Tandis que la ville
se trouble sous les rafales d'eau
Que ses images chancellent sous l'ondée

Tandis que la machine vorace
engloutit entre ses quatre roues
la forte langue d'asphalte...

Des mots d'ici — d'ailleurs
s'abordent et se rejoignent
apprivoisant la cité :

Cette Métropole
Gerbe ou taupinière de béton
Inflexible géographie du siècle

que l'œil rejette
dont l'œil s'éprend

Cette Capitale
Aux carrefours de l'exploit et des terreurs
des fièvres et du prodige

auxquels on résiste
auxquels on consent

Vitre rabaissée
Les paroles vont viennent

    Qu'importent
    averses menace pierres et plomb !

Secouru par les mots
le souffle s'apaise
le regard s'amarre

Etranger résonne
comme un prénom !

Pour Domenico Gnoli

L'existence

Tous ces riens...

Ces choses du jour à jour
Ces choses frottées d'heures
Coffrées dans l'habitude

Ces cheveux en respect
que l'on compte fil à fil
Ces boutons obstinés

Ce col avec son chiffre
que l'on connaît par cœur
Ces revers ces ceintures

Ces plis que nos corps commandent
et qui gravent des ornières
dans le champ du tissu

Ces fermetures éclair
qui encagent ou libèrent
Ces soutiens d'une gorge pleine

Ces canapés trop lisses
Ces coussins trop gras
Ces lits aux draps stricts
aux édredons ventrus

Ce gant d'une main manquante
Ce soulier d'un pied disparu.

Tous les sommeils
qui nous font ressembler à l'inerte

Tous ces réveils
où la chair avec l'œil
ne sont plus qu'un décor

Toutes ces traces de nous
Ces traces par nous
Pour nous...

Tout ce vide des objets
dont nous sommes plénitude

Tout ce volume des choses
dont nous sommes l'absence

Tout ce rire en sourdine

Tout ce triste
plaqué sur la surface des lieux

Tous ces riens
Tout ce tout

L'existence !

1973

Domenico Gnoli, espace du corps

Entrer dans l'œuvre de Gnoli sans trop de repères, et comme à première vue.

S'attarder, d'abord, sur son visage si tôt disparu. Ce front inquiet, solide. Ces yeux qui sondent, pour forcer je ne sais quelle percée à travers le visible. Cette amorce d'un sourire qui pressent que le dernier mot ne sera jamais dit, le dernier signe jamais tracé, et qu'il faut cependant tenter de tracer et de dire, jusqu'au bout. Mais toute œuvre véritable n'est-elle pas toujours en projet, jamais en aboutissement ?

Entrer librement dans l'œuvre de Gnoli, c'est aussi pénétrer, peu à peu, dans notre trame la plus intime ; celle qui se tisse à travers la fabuleuse machinerie, l'exacte architecture du corps.

★

D'abord, ce sont des colisées-entonnoirs, des façades aux fenêtres murées, des cathédrales bouclées sur elles-mêmes, mais dont les pierres semblent agressées, taraudées, déviées, modifiées, par des souffles intérieurs. Comme si, entre ces parois, tourbillonnait le corps scellé et palpitant des choses ; exerçant, sans relâche, sa pression sur l'outrecuidance des murs, sur le mirage des apparences.

Corps-âme en travail. Matière cherchant à déborder, à s'épancher hors des surfaces convenues. Lieux hermétiques recélant une passion, une soif vertigineuse d'espace.

★

Puis, la créature émerge.
Dans une coulée continue, la muraille se fait chair.

Debout, figée dans son centre de gravité, une femme-monument lit son quotidien. Un homme est assis devant une table dressée pour le repas. Leurs lourdes carcasses, leurs visages, leurs mains, se fondent dans le milieu ambiant ; se confondent aux objets et au lieu.

Forme humaine, journal, murs étoffe, attestent leur même origine. Sous nos yeux se dévoile — aussi irréfutable que les preuves que nous livre l'analyse scientifique — le grand jeu initial de notre univers, tout entier contenu dans une même texture.

Monde composé d'une centaine d'éléments. Chimie réductible à des électrons. Energie primordiale dont la combinaison des particules fait que voici : la muraille, l'arbre, le fleuve, ou bien le corps...

★

Plus loin, le corps s'affirme.

Vêtements et revêtements — provisoirement inhabités — sont les demeures de sa chaude et criante présence.

Présence si vive, qu'elle ne peut nous être livrée en bloc. Fragment, agrandi à la loupe. Netteté, minutie, qui sembleraient cerner le corps ; mais qui, curieusement, le libèrent.

Certaines recherches contemporaines — dans une sorte d'aplat et par souci de dérision — juxtaposent, multiplient ou sectionnent, sans jamais s'en émouvoir, les corps et les choses. A l'opposé, chez Gnoli, chaque parcelle rompt ses propres limites, élargit le sens, ouvre sur l'imaginaire.

Ici, la moindre touffe de cheveux est source d'exploration. Le détail échappe au détail, devient exemplaire. Une raie divise, lumineusement, l'opacité du cuir chevelu. La racine, visible, de chaque cheveu s'échappe du tressaillement de la chair. Une natte, dans sa plénitude, sensibilise toute la surface de la toile. Une boucle, singulière et fantasque — mais cependant escortée de son ombre — ondoie, librement, sur les dessins géométriques d'un costume.

Ces seins lourds, ce ventre las, cette chair mal gérée, pèsent sur cette seconde peau qu'est devenue la robe rouge. Partout, l'étoffe fléchit et se gerce. Un poids de peines et de joies, tout un fardeau d'existence s'installe dans le tissu.

Le vêtement se fait corps. Le corps, vêtement.

Sous les couvertures, front contre front, le noir de leur chevelure réuni : un couple dort. Leurs corps, tranquilles et rapprochés, rejoignent tous les dormants de la tendresse qui bouleversent et rythment la nuit.

★

Tout le voyage est inclus dans cette valise entrouverte. Tous les anniversaires — leurs rires et leur mélancolie — dans ce gâteau-forteresse si proprement entamé. Tables pour l'hôte, baignoires en attente, grottes des lits, antre d'un fauteuil, n'ont de portée qu'à travers ce qui les unit au bref passage des vivants.

Vêtements, mobilier, chambres délaissées, gardent la chaleureuse empreinte de ces corps, dont l'absence nous empoigne et nous poursuit.

Ces « absents-présents » hantent l'œuvre plus tardive de Gnoli, L'impeccable revers, le soyeux d'une cravate, une couture dans un tissu, les lignes blanches sur un lainage, un escarpin de femmes, le relief d'un édredon, le creux d'un coussin... ne sont ni en vitrine, ni en représentation. Il en émane comme des mouvements retenus, une perception physique, une nostalgie. Partout, c'est le corps qu'on nomme.

La forme englobe la matière en même temps que la traversée — sensible, tangible — de la personne et de ses gestes dissous.

Les déguisements du corps témoignent, à la fois, d'un engourdissement et d'un éveil ; de la fragilité et de la pérennité de l'existence qui oscille constamment entre la vie et la mort.

*

Chez Gnoli, il s'agit d'aller *au plus près* des apparences pour mieux déceler ce qui leur échappe, ce qui parle toutes les langues et rejoint la durée.

Corps-âme, intriqué dans la substance du monde, l'investissant ; et dont les traces discontinues débouchent sur la vie.

La vie avec son pesant de chair et de rêves, d'évidences et de souffle, de spectacles et de mystère.

Avec Gnoli — déshabitué de l'habitude — l'œil navigue de l'un au tout, du tout à l'un, dans un va-et-vient fertile.

1975

La Mort devant

I

Avec la Mort devant

l'homme franchit l'écorce
touche à la moelle
afflue vers le cœur

Son œil retrouve grain
ses pas rabattent les pièges

Sa main ajuste la clef.

2

Ni les neiges
ni la verdeur
Ni l'écart
ni les ruses

Ne rebutent l'acharné
au visage collé d'os

Bientôt
nous nous coucherons
dans ses archives sans frontières

Bientôt
nous coulerons
au fond du lit de tous

Sous la cotte fraternelle
d'eau   de terre   et de vent.

3

Peuples plantes bêtes
On agonise
on sombre
on s'éteint en tous lieux !

Répandue
en parcelles de chair
de nerfs de sève
de souffles de sang
la vie croît ——

Puis s'inverse
devant la seule issue

Morte vie
figée dans l'absence et le givre

Puis germe
qui surnage et craque
dans chaque vertèbre du froid.

4

Aucune main ne tient la terre
Aucun regard ne la contient

Si Dieu est
    il ne sait point se dire ———

Sur nos sols

battus d'orages
bordés de phares
heurtés de rêves

Aucune grille ne ferme le temps.

5

Avec la Mort devant
la terre mâche fleurs et cris
l'argile recouvre les remparts

« Je »
parle sans nœuds

Avec la Mort devant
les brindilles s'écartent
les barrières se dissipent
l'énigme s'inverse

La plaine s'est dilatée.

6

Morts stagnantes
Mort-espace

Morts hérissées
Mort très lisse

Morts furieuses
Mort sous les arches

Morts qui ruissellent

Vers la Mort
aux reflets abolis.

7

Nous
    soudés au temps
    coulés dans le projet
    serrés contre l'armature

Nous
    à la solde du passé
    à la charge du présent

Nous
    soutenus par nos mains
    secourus par nos signes

heurterons de front la mort

Nous
dans l'opiniâtre genèse
où s'œuvre notre liberté

garderons
œil de pèlerin
et charge d'étoiles.

8

Mort

sous ton image propice
retombent les décors

les printemps s'affûtent
l'aube s'aiguisera

Mort

sous l'image suprême
la vie boit l'existence

Je m'étends sur ma face
J'enfante le large.

9

Si la Mort était morte
d'où s'élèveraient les métamorphoses ?

Face au temps insoluble
nos rêves se lasseraient

Renaître   perdrait son filon.

10

Avec la Mort devant

Les socles explosent !

Avec la Mort devant

Ce qui a son

Résonne.

II

Nous qui avons encore à vivre
ferons entorse à l'infini

Nous romprons les plaines d'éternité
nous violenterons la trame sans paille
nous piocherons les champs engourdis

Nous qui avons encore à vivre
coulerons sueur dans les mots
presserons nos appels dans les terriers
enfoncerons fleur et sel
dans l'épaisseur des mondes ———

Avant que notre sang ne se minéralise
nous qui avons encore à vivre

parlerons de ronces et d'âme
de ciment et d'argile
de naufrages et d'épis.

12

Nos jours
Pétris de racines

Cerclés de liens
Touchés de lumière

Poignarderont l'opaque

de leur sève continuée.

13

Le feu prend

le feu lâche ———

Selon l'espace

selon l'écoute

selon l'amour.

14

Avec ce cœur qui plombe ta chair
avec ce regard qui voyage
avec ce corps qui te resserre
avec ces années qui te rythment

Dans la forêt de tes gestes
Dans l'aventure de ta parole

Portant l'atlas de tes souvenirs :

Tu retourneras à tes os

Blanchi de tes viscères
purgé de ton sang
filtré au crible de la mort

Tu te nicheras dans tes os

Jusqu'à l'ultime échange.

Nous l'aurons franchi ce pas

Les jours ont retenti dans ce corps de passage
Nous l'aurons vécu cette chair
orbite de vie et couloir de mort

Tressaillement des racines
Echos et souffle du monde
Ferments de l'éveil
Douleur et fruits complices

Les jours ont débouché sur le temps qui s'écarte
et qui se dissipera...

Mais nous l'aurons franchi
ce pas !

Ce pas plus vaste que nous
qui   de rien à vie
nous mène d'ici à mort

Quel espoir élargi
Quelle soif de rives et de parole
Quelle poussée du sang
Nous maintient le long de l'innombrable parcours

   Qui achoppe à la Mort
                 si d'aplomb
                 et si fixe ?

La cohorte d'ici

Dans son immunité
Dans ses cellules muettes
Le PASSÉ

Gigantesque
Dépourvu de désirs

Surplombe le présent et son tracé sommaire
où rôdent les vivants

Emboîtés pour un temps dans le triomphe de vivre
Entrouvrant pour un temps l'embrasure passionnée

Ils vont à corps et à cris...

Entre le saut et l'ornière
A travers feu et froid
A travers fange et fruits

Gravés d'apprentissage
Enlacés aux saisons

Ils vont ils viennent ils passent...

Avant d'être absorbés par la bouche sans détour
Avant d'être résorbés dans la panse foisonnante
Avant d'être recouverts par le tanin des siècles

D'où leurs corps en poussière
Renforceront l'avenir

Ah ! demeurer encore dans la cohorte d'ici
Et s'aboucher encore aux bronches de la vie !

Navigation des hommes

Doublant rocs et lacis
ou remontant les canaux tranquilles

Stagnant parfois à en mourir
ou chevauchant les tumultes

Dérivant sur l'eau plane
Affrontant les rafales
et les volte-face du temps

Nous naviguons dans l'aujourd'hui
vers nos ombres futures

Aux racines du rêve
et dans la chair gourmande

Encordés aux mots
à l'affût des étoiles

Nous naviguons vers l'illusion
de jardins accomplis

Lorsque rien ne s'achève
que les buts nous trahissent
et que les havres nous fuient

Aveuglés de présent
Oublieux de l'ultime hâte

Nous naviguons vers la gorge ouverte
où fermentent prochaines vies

Livrant membres et viscères aux entrailles du monde
Déversant nos visages dans l'anonyme face

Diluant nos mémoires dans l'infinie mémoire
Où l'univers se redit.

III

Sommeil contradictoire

(fragments d'un parcours)

I

AVANT

I

A corps entier

imitant l'inclinaison des feuilles
leur chute ralentie dans le velouté de l'automne

suspendu entre ici et le temps sans échelle
à l'écoute de l'animation qui s'amenuise

je m'accompagne
et me coule dans une absence moelleuse

Toute pesanteur se disperse
je me délivre de mes confins

les marges du possible s'évasent
je m'adonne à l'intérimaire vie.

2

A corps entier
je monte la garde
pour retenir l'instant

Eperdument je veille
et combats les torpeurs

la pensée s'épaissit
les mots se débandent

Membre après membre
le sommeil m'entraîne
dispose de mon sang
m'attire dans les orifices de l'absence

m'amène bois mort
au littoral du rien ou du surcroît

Caves ou soleils me happeront.

II

DEDANS

I

Les anneaux se desserrent
la jauge bascule
les morsures se gomment

Les étendards du quotidien ont pâli

Ma rétine s'inverse
je dérive et je glane :

> irruptions fabuleuses
> poumons d'images
> floraison de graines refusées
> paysages sans filiation
> inventaire jamais dévidé
> grange jamais tarie

Continents figures tribus qui me peuplent
fermentent et cristallisent

Porté par les fonds
je deviens multitudes

J'ai l'œil plus vaste que regards
je marche plus loin que mes pas.

2

Il arrive qu'à paupières closes
je surplombe ce corps sans volume
s'élevant dans l'air fertile

glissant à ras du sol
dans le *toucher des choses*.

3

D'autres fois

toute image consommée
toute pensée dissoute

Je cède à corps perdu
au monde parallèle de la mort.

4

Pris dans les cordes du sommeil
parfois je me bats en champs clos

J'esquive de tous côtés je parade
Mais le gant des terreurs
me frappe au creux du ventre

Calamités et chagrin me saisissent
Le sol se fissure
Les dangers talonnent

Je lutte je tremble
je cherche l'issue

Mais la terre capte mes chevilles
des nasses entravent mes genoux

Dans ma chair immobile
le sang stagne.

5

Parfois une lucarne injectée d'aube
crible le carcan des ombres

Alors je me sais en sommeil
Je nomme « cauchemar » ce cauchemar

Adossé au pilier de la mémoire
Me retenant aux racines de l'être
j'attends l'hémisphère des jours

Je me fie au matin proche
Je patiente.

III

APRÈS

I

Quand le jour n'offre que *tanières d'ombres*
je m'abrite encore sous le sommeil
et ses rameaux veinés de sèves

Je fais halte
J'étreins l'image féconde
Je me charpente pour le retour.

2

Plus souvent au matin
j'accède à marée basse à la plate-forme de vie

Mes univers se rassemblent

Réparé reconstruit
je me replante

Je touche des parois
Je me lie aux visages
Je baise le sol reconnu

Exister m'est propice.

Prendre corps

(étapes de vie)

HORS DU VENTRE

Avec sang et cris

Tu rejoins ce monde
Tu t'enfonces dans le jour...

Arraché au silence
à l'eau sans épine
aux plages assourdies
à la forge sans feu
au cercle humide et pourpre

TU VIENS

Navigateur à vif
encordé dans ses fibres

Banni du pays en suspens

Exclu de l'intime clarté.

Loin des lagunes sans désir
Des rumeurs sans fièvres

Par effraction
et dans les meurtrissures

TU VIENS

Tu brises l'enclos
Tu fends la gangue

Tu immigres et t'enclaves
dans la brève vallée
où foisonne l'événement.

Déjà saisi par le lieu
Déjà rejoint par le temps

Soumis   déjà
au rapt des vivants

Entre une crevasse et l'autre

TU VIENS

Abordant ce rivage
où te guettent les songes
où te presse l'histoire
où t'embrasent les saveurs

Où te fixent les ans.

Transfuge
des fonds d'aube sanguine
des entrailles doucement peuplées

d'un havre d'océan
hostile aux solitudes

TU VIENS

A ce monde aux plaines rêches
aux soleils rabotés
aux ombres comme des haches
aux chaînes renaissantes

Aux griffes plus longues
que la paume.

Modelé par les mots
Amarré à cette terre
Alerté par ses voix

Ame et poings
liés

TU VIENS

A ce monde de serres
ce monde de cadastres
de printemps   de verrous

A ce monde qui bascule
entre ciel et décombres

Ce monde   comme une pulpe
Ou clos comme un galet.

En quête de ce qui te nomme
et sans cesse te fuit

Appelant ce qui est *là*
mais toujours est *autre*

Absence de lèvres
vie pourtant en la vie

TU VIENS

A ce monde qui louvoie
Sous sa lumière complice

Ouvrant ta marche dans l'arène

Lançant paroles contre l'oubli.

Tu coules ton rêve parmi les rêves

Ta forme   au sein des multitudes

TU VIENS

A ce monde qui chancelle
sous la grêle de ses peurs

Monde de morte-paille
mais de pleine semence

Monde où tu t'obscures
où tu déclines

Où tu adviens.

Corps parmi les corps
Homme parmi les nombres

Hanté par la source
Porté par l'horizon

TU VIENS

Tissé dans cette chair
et ses archives

Forcé dans cette chair
dévoreuse de présent

Trappe des supplices
mais arsenal du souffle

Relief d'ombres
mais hublot sur la joie.

En ce corps
qui s'érige dans tes pénombres

Puis trame vieillesse et mort
en ses gisements

TU VIENS

En ce corps brassé d'ancêtres
qui fonde d'autres corps

qui enfante les chimères
qui combat ou se fêle
à ton insu.

Face à l'énigme
et ses prunelles de marbre

Libre et noué

TU VIENS

Muré dans l'argile
et les friables contours
de ce corps
gravé dans les chemins de tête.

Ce corps qui dit depuis l'aube

par songes et par brouillards
par fièvres et par fables
par larmes et par amour

TU VIENS

Témoin de quelle présence ?
En route vers quelle preuve ?

T'arc-boutant
à la moindre lueur.

Plus fertile de chaque graine
Plus dense de chaque chagrin

Tu afflues vers les terrasses
Tu surplombes les frontières

TU VIENS

D'actes en actes
Préfaçant ta longue nuit.

Quand tu sombres à perdre haleine
Quand l'écho te déserte

A force de pas assemblés
De paroles en épis

Soudain vêtu d'étoiles
Tu arpentes tout l'espace

TU VIENS

Avec l'arbre à renaître
et toute écume franchie

Desserrant les caillots
Ecartant les meules.

Longeant les sillons d'ombres
à l'écoute des soleils

De seuils en seuils

TU VIENS

Quelquefois assuré
d'un *plus loin* déchiffrable
d'un *partout* transparent

D'une *clef* sous les remparts.

Le front chargé d'avenir
Les mains ivres de récolte
La gorge percée de chants

Nommant tempêtes et rosée

TU VIENS

Captif de tes os
et des murs sans pollen

Criblé par l'œil vorace
qui abjure son enfance.

A voix haute
A voix tendre

Bivouaquant dans chaque âge

A l'appel de chaque piste
A l'affût de chaque arche

Tandis que te désigne
Inexorable l'hiver

TU VIENS

Où les victimes saignent aux carrefours
Où l'horreur noircit les voûtes

Où les plaines du cœur se fragmentent
Où la craie râpera l'azur.

Pourtant assoiffé de deltas
Avide de turbulences

Attisant les images
Etageant les algèbres

Epelant l'étendue
Agrafant tout l'éclair

TU VIENS

Déclouant les torches

Secouant les flambeaux
pour ébranler la nuit

Eclaboussant d'ailes
les fantômes et les gouffres.

Tu édifies une tige

Tu fais jaillir le souffle
hors des nids souterrains

Enfant de l'orgueil et des sources

TU VIENS

A la grâce d'une lampe
T'obstinant vers cette plage

où les hommes se reconnaissent
où les sables ne seront qu'*un*
où les jeux se descelleront.

Ainsi

Saturée de silence

La Vie s'insurgea

Elle prit voix elle prit gestes
Prit viscères et prit sang
Prit visage et mains
Prit cœur et puis regards

Rassemblant ses ferments
Ameutant les secrets

La Vie
Devint toi   devint moi
Tous les peuples de la terre
Tout l'avant   tout l'après
Tout hier et tout demain.

Ainsi la Vie parla
Dans un vertige de sèves

TU ES LA

HORS DU VENTRE

Avec sang et cris

Tu rejoins ce monde
Tu t'enfonces dans le jour...

Note bibliographique

Prendre corps, édition originale chez G.L.M. (en 1973).

Des fragments de *La Mort devant*, chez Marc Pessin en 40 exemplaires, avec un burin de Bernard Carlier (en 1977).

Sommeil contradictoire, chez Brandes à Dijon, en 90 exemplaires, précédé d'un dessin original de Jean Gourmelin (en 1978).

Cadences de l'univers, chez Vodaine en 25 exemplaires, accompagné de six gravures originales de Roger Bertemes (en 1978.)

Navigation des hommes aux Editions d'Art du Club 80 à Luxembourg en 100 exemplaires, accompagné d'une eau-forte originale en 3 couleurs de H.E. Kalinowski.

L'ensemble de ce recueil s'échelonne de 1973 à 1979.

Table

ACHEVÉ
D'IMPRIMER
SUR
LES PRESSES D'AUBIN
DOULLENS (SOMME)
LE 7 MARS
1979

D. L. : 2e trim. 1979. — Edit. : nº 9021. — Imp. : nº 510
Imprimé en France.

CAVERNES ET SOLEILS